n "Patrie"

20c.
Le récit complet illustré

HENRI D'ORCINES

L'USINE EN FEU

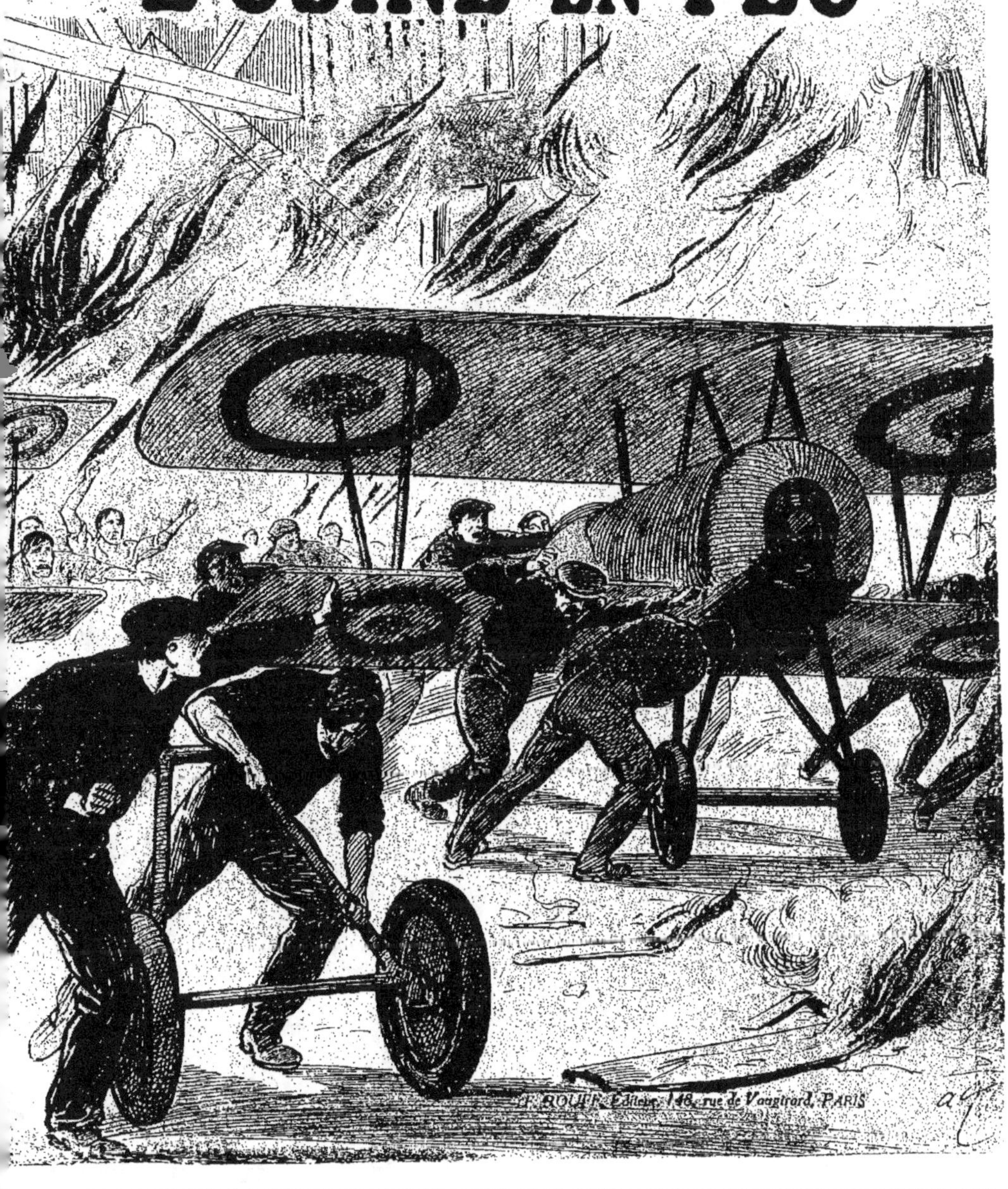
F. ROUFF, Éditeur, 148, rue de Vaugirard, PARIS

L'USINE EN FEU

I

Le père et le fils

Le grand constructeur d'avions Léopold Bertol s'absorbait tout entier, dès le matin, dans son labeur accoutumé quand s'ouvrit la petite porte du bureau, et la figure de son fils s'encadra dans l'entre-bâillement.

Au bruit, l'industriel releva son front plissé par les longs efforts intellectuels et un sourire, aussitôt, apparut sur ses lèvres.

— Tu peux entrer, dit-il.

— Bonjour, père, répondit en s'avançant jusqu'à l'immense table où travaillait Léopold Bertol un maigre jeune homme d'environ trente ans, très modestement vêtu, et qui, pour entendre ce qu'on lui disait, devait s'approcher le plus possible de son interlocuteur et tendre l'oreille.

Les deux hommes se serrèrent affectueusement les mains.

Jean Bertol, fils unique du grand industriel, était devenu à peu près complètement sourd à la suite d'une blessure reçue durant les premiers mois de la guerre, alors qu'il commandait, en qualité de lieutenant, une des trop rares batteries d'artillerie lourde que possédait alors l'armée française.

Mais le fils était habitué à comprendre son père, à le deviner, plutôt au mouvement de ses lèvres qu'au son de sa voix.

Pour entendre les personnes étrangères, surtout les femmes, qui lui parlaient, il n'en allait pas de même; Jean Bertol devait employer un appareil acoustique. Appareil perfectionné, d'ailleurs, qu'il se mettait dans l'oreille et qu'on ne voyait généralement pas.

Le fils du constructeur d'avions était lui-même un ingénieur de haut savoir et d'expérience, malgré son âge. L'aéronautique lui devait quelques-uns de ses perfectionnements les plus utiles, de ses plus remarquables progrès.

— Eh bien! as-tu travaillé tard, cette nuit? demanda Léopold Bertot.

— Pas très tard. Je me suis couché à une heure du matin... Tu sais, père, mes études avancent et je crois bien avoir trouvé, cette fois, le stabilo-type, le stabilo tant cherché.

En prononçant ces paroles, les yeux clairs du jeune ingénieur-inventeur semblaient s'éclairer davantage encore de tout son contentement, de toute sa joie intérieure.

— Ah! tant mieux! répondit l'industriel. Tant mieux, mon fils! Il est bon, il est indispensable que notre aviation progresse, se perfectionne avec rapidité, car l'ennemi, tu le sais, ne reste pas inactif et nous pourrions avoir de douloureuses surprises au printemps prochain si nous nous endormions.

— En effet... Et à ce propos, as-tu lu, ce matin, un intéressant article au sujet de la « Bataille suprême »?

— Non. Tu sais bien que je n'ai pas le temps de lire les journaux du matin.

— Moi je les parcours en venant à l'usine, dans l'auto.

En prononçant ces derniers mots, Jean Bertot tirait un journal de la poche de son veston et le dépliait pour en lire quelques passages à son père.

C'était un des principaux organes d'information parisien. Mais M. Léopold Bertot ne semblait attacher qu'une importance relative aux écrits publiés par les gazettes car ce fut d'un air presque résigné qu'il écouta la lecture de son fils.

Pourtant, au fur et à mesure que celui-ci lisait, l'industriel relevait la tête et prêtait une attention plus soutenue à ce qu'il entendait.

« Ce duel singulier et sans exemple dans l'histoire des peuples, met en présence, à côté des avions armés, toutes les réserves industrielles, toute la capacité de production des peuples ennemis opposés les uns aux autres.

« La grandeur du rôle de l'aviation provient de ce qu'elle est l'aboutissement, ou à peu près, de toutes les ressources nationales. »

— C'est exact, fit l'industriel en approuvant de la tête.

Et, après avoir exposé, avec une précision documentaire tout à fait remarquable, les différentes caractéristiques des aviations ennemies, l'auteur expliquait pourquoi, fatalement, inéluctablement, la supériorité aérienne des alliés se transformait de jour en jour en *maîtrise de l'air*, et devait leur assurer, en liaison étroite avec leurs autres forces, la victoire certaine, complète, sur les forces cependant énormes accumulées pour la guerre par le militarisme allemand.

Mais il fallait, pour cela, persévérer et redoubler de travail et d'efforts.

— Il a parfaitement raison, ton journaliste, approuva le père Bertot. Et c'est pourquoi nous n'avons pas une minute à perdre.

En prononçant ces derniers mots qui semblaient donner congé à l'ingénieur, M. Léopold Bertot avait appuyé sur un bouton d'appel au coin de sa table-bureau, et, presque aussitôt, une porte vitrée, à droite de la pièce, s'ouvrit et une jeune fille entra.

Elle tenait à la main un cahier de papier et un crayon.

C'était une ravissante enfant d'une vingtaine d'années, à la physionomie ouverte, intelligente; grande, élancée dans son long sarrau blanc bridé à la taille par une ceinture de cuir, elle était souriante et jolie.

En pénétrant dans le bureau de M. Bertot père, la jeune sténo-dactylographe et Jean Bertot se saluèrent.

Le salut de l'ingénieur signifiait estime et sympathie pour la petite sténo-dactylo de confiance qu'employait son père, de préférence à toutes les autres sténographes de ses bureaux.

Dans le salut de la jeune fille, il y avait l'expression semblable d'une haute estime pour le fils du patron, pour M. Jean, mais il y avait aussi de l'admiration pour l'inventeur génial, une discrète pitié pour le jeune homme agréable, atteint d'une infirmité pénible : sa surdité. Il y avait peut-être même encore autre chose de plus... un sentiment imprécis, timide, confus, fait de tendresse et peut-être d'amour...

La sténo-dactylo, Mlle Marie-Louise Chassain, s'assit en face de son patron, de l'autre côté de l'immense et rudimentaire table-bureau et l'industriel commença immédiatement à lui dicter, avec une précision remarquable de termes et de prononciation, mais à une vitesse moyenne de 140 mots à la minute, d'abord un nombre important de câblogrammes pour l'Amérique et l'Angleterre, de dépêches pour ses autres usines, pour des fournisseurs, et puis une série de lettres urgentes.

Après quoi, il dit :

— Alors, petite, préparez-moi tout cela pour la signature et l'envoi avant déjeuner. C'est convenu?

— Oui, monsieur.

— Très bien. Allez.

Le ton de M. Bertot était doux et paternel avec cette enfant charmante, doublée d'une employée très dévouée, parfaite.

Mlle Marie-Louise sortit du bureau de M. Bertot, pénétra dans une grande pièce vitrée à mi-hauteur des murs, où une vingtaine de jeunes filles ou jeunes femmes, sténos et dactylos, promenaient infatigablement des doigts agiles sur le clavier des machines à écrire.

Une femme plus âgée, installée derrière un haut bureau américain, dirigeait ce service.

Mlle Marie-Louise alla s'asseoir à sa machine.

— Alors, petite, préparez-moi tout cela pour la signature et l'envoi avant déjeuner. (p. 3.)

Le bruit des lettres métalliques tapant l'une après l'autre sur le ruban produisait une sorte de petit martellement continue qui obligeait parfois la directrice du service à élever fortement la voix pour se faire entendre lorsqu'elle avait un ordre à donner à ses subordonnées.

Depuis la guerre, le grand industriel s'occupait surtout de fabrications aéronautiques, sachant bien que c'était d'elles ou par elles que nous viendrait la victoire, et tout son temps, toute son activité, son intelligence, sa puissance de travail, encore considérables malgré son âge, il les employait à diriger, à développer cette usine construite en quelques semaines, sous ses ordres, dès le début de la guerre.

Les bureaux de l'usine, quelque peu dépourvus d'aisance et de confort, avaient été aménagés après coup, pour ainsi dire au plein milieu des bâtiments et des ateliers d'entoilage, des cellules de peinture, de contrôle des « plans » ou ailes d'avions.

Nombreux étaient les inconvénients de cette disposition; cela avait été fait ainsi, un beau jour, pour aller vite. Comme l'usine, ainsi construite entièrement en béton, en bois et en carreaux de plâtre, n'était après tout, qu'une installation de fortune, quelque chose de provisoire ne devant pas durer au delà de la guerre — et on ne l'avait pas prévue aussi longue, la guerre! — l'industriel acceptait d'un cœur léger l'ennui d'avoir à traverser les ateliers chaque fois qu'il entrait ou sortait; de vivre, en été, au milieu de l'odeur subtile des benzines.

Vers onze heures du matin, M. Léopold Bertot ayant achevé de voir les lettres les plus importantes du courrier quotidien, ayant dicté les réponses, donné ses instructions et des ordres au fondé de pouvoirs de la maison, à l'ingénieur en chef et aux principaux chefs de service, quitta le directeur des fabrications, M. Cerisot, avec lequel il s'était entretenu en dernier lieu, en lui répétant :

— Il faut satisfaire à la fois les besoins de la France et ceux de l'Amérique, mon cher Cerisot. Je compte pour cela sur tout votre zèle. Nous devons arriver à doubler la production, à la tripler même. Il faudra sortir, non pas cinq, dix avions par jour, mais vingt, mais cinquante.

— Si c'est possible, je ne demande pas mieux.

— Voyons, voyons, Cerisot, vous savez bien que le mot impossible n'est pas français. Pas davantage américain... Alors?.. Je me suis toujours efforcé de faire appliquer dans mes différentes usines les méthodes américaines, les procédés américains, la méthode Taylor qui est la plus judicieuse des méthodes. Ce n'est pas pour que l'on vienne me dire aujourd'hui : « On fera son possible. » Non, Cerisot, non, ce n'est pas cela. Le possible est fait, c'est l'impossible qu'il faut faire maintenant. Allez, mon cher, et vous qui avez longtemps vécu aux États-Unis, qui avez apprécié les valeurs comparées de l'homme et de la machine, du geste banal et du geste calculé pour le moindre effort dans le maximum de rendement, dites-vous qu'il faut, qu'il faut, et que cela sera.

— Je ferai selon votre désir, monsieur.

— À la bonne heure!

M. Bertot sortit de son bureau et pénétra dans celui où travaillait son fils. L'ingénieur était tellement absorbé dans son travail qu'il ne vit même pas entrer son père par la porte placée pourtant juste en face de lui.

— Veux-tu m'accompagner jusqu'au service des essais? demanda le père.

— Volontiers, répondit Jean. Deux minutes seulement; j'achève mes calculs et je suis à toi...

Quelques minutes plus tard, en effet, les deux hommes, quittant les bureaux, se dirigeaient, à travers les ateliers, vers le service des essais, à l'une des extrémités de l'usine.

II

En plein labeur

CALMES comme des dieux, MM. Bertot père et fils circulent parmi les ateliers en plein labeur, emmi le bruit assourdissant et divers qui naît dans tous les coins et représente les gammes les plus variées d'une musique surhumaine.

Ici s'exerce le pouvoir prodigieusement extraordinaire des marteaux, des tours, des volants, des poulies, des courroies et des roues.

Dans le fracas de ce travail infernal, les paroles se dissolvent parmi les palpitations géantes du métal et du feu.

L'homme isolé apparaît là, parmi tout ce mécanisme diabolique, comme un pygmée qui serait en un instant dévoré par le Minotaure, si le Minotaure n'était plus surveillé.

Et pourtant c'est l'homme qui a conçu, créé, dompté ces monstres aveugles, délicats et brutaux. C'est lui qui, sans se laisser impressionner par l'insuccès d'Icare, est parvenu à s'élancer à la conquête du ciel et à le vaincre.

Quand on a vaincu la nature, ne peut-on vaincre les Allemands, malgré leur orgueil incommensurable qui faisait dire à un professeur à lunettes de l'université d'Heidelberg, le 29 août 1914, devant le chancelier d'alors :

Quand nous aurons achevé de subjuguer nos ennemis, quand nous aurons conquis leurs territoires, si quelque individu de ces races inférieures qu'on appelle anglaise, française, russe, italienne, ou d'autres plus inférieures encore, celles d'Amérique ou d'Espagne, s'avise d'élever la voix pour autre chose que pour implorer grâce, s'il ose se révolter contre le joug de notre suprématie, nous le détruirons comme un pantin de vil limon. Et quand nous aurons détruit leurs cathédrales sacrilèges et catholiques, sans oublier celles du culte païen de l'Inde, nous édifierons nos sanctuaires plus splendides que tous ceux qu'ont imaginés les croyances abolies pour glorifier notre force destructive des nations pourries.

Le cerveau et l'énergie d'un Bertot, sa puissance de travail, sa confiance raisonnée et sa foi sont aussi des caractéristiques d'une race qui fit ses preuves avant le germanisme et qui ne saurait mourir ni disparaître.

L'industriel et son fils, en se rendant à l'atelier des essais avaient déjà traversé l'atelier d'entoilage, l'atelier de peinture, celui où l'on fabriquait les cellules en bois spéciaux, souples et résistants, celui où l'on préparait les longerons, les cordes à pianos, les haubannages; les halls où se construisaient les carlingues brillantes en métal vierge; d'autres encore où se fabriquaient les trains d'atterrissage avec leurs roues armées de pneumatiques énormes, les gouvernails de profondeur avec le nouveau plan stabilisateur, invention merveilleuse de l'ingénieur Jean Bertot, les gouvernails de direction, le fuselage.

Puis, c'étaient les immenses ateliers de montage où les avions s'alignaient en rangs de bataille et où les cocardes aux trois couleurs proclamaient de tout l'éclat de leur bleu clair, de leur blanc pur et de leur rouge éclatant la luminosité superbe du génie français.

Avant de quitter l'atelier de montage et de passer devant un bâtiment isolé où un fracas plus formidable étouffait les bruits voisins — c'était le local des bancs d'essai pour les moteurs de 250, 300 et 400 HP — M. Bertot fut rejoint par M. Cérisot et par M. Merkins, le chef du service des achats de l'usine.

— Nous devons vous signaler, dit Merkins, qu'il devient de plus en plus difficile de se procurer certaines matières premières absolument indispensables à la fabrication, telles, par exemple...

— Je sais, interrompit M. Bertot, et j'ai déjà insisté au ministère.

— Ah! firent ensemble les deux chefs de service.

— Oui! mais je ne m'en suis pas tenu là. Ce matin, j'ai fait câbler en Angleterre et aux Etats-Unis pour obtenir, sans aucun retard, les matières qui nous manquent. Le service du courrier vous remettra copie, dans l'après-midi, de mes câblogrammes. Nos fournisseurs vous livrent-ils rapidement et régulièrement les commandes passées?

— Généralement oui. Nos sous-traitants sont exacts. Les magasins sont d'ailleurs approvisionnés pour plusieurs mois en articles usinés.

— C'est parfait, Merkins. N'oubliez pas, en tout cas, que nous devons augmenter la production dans des proportions de plus en plus importantes et que, sans vous, Cérisot serait arrêté.

— Nous marchons en parfaite liaison, répondit M. Cérisot.

Tous deux avaient longtemps vécu au pays des Yankees et leur admiration pour les méthodes américaines se traduisait par une application judicieuse et appropriée des procédés de la standarisation.

Le souci du bien-être de ses employés préoccupait à tel point M. Bertot père qu'il y consacrait plusieurs millions par an. Son attachement à son personnel se manifestait sous les formes les plus variées : gratifications, participation aux bénéfices, pensions aux veuves et aux orphelins, habitations à bon marché, saines et confortables, hôpitaux, services médical et pharmaceutique gratuits, cantines, coopérative d'achat et de consommation et secours discrets à ceux que touchaient, malgré tout, la misère et la maladie.

Aussi, depuis des années et des années qu'existaient les usines Bertot, on n'y avait jamais connu de grève, ni même de tentative de grève.

Lorsqu'il le fallait, le patron savait réunir à son bureau les délégués du personnel et se tenir, par eux, au courant de l'esprit des ouvriers, connaître leurs besoins et leurs desiderata, auxquels il faisait toujours droit spontanément quand ils étaient justifiés.

Ayant laissé MM. Cérisot et Merkins à leur travail, le père et le fils parcoururent rapidement et tout en échangeant leurs impressions la distance qui les séparait de l'atelier des essais et du laboratoire.

En traversant les bureaux du dessin, situés entre le laboratoire et l'atelier des essais, les constructeurs d'avions se heurtèrent au capitaine aviateur Varséniau, qui remplissait à l'usine les fonctions d'inspecteur, de contrôleur en chef des fabrications de l'aéronautique, spécialement désigné pour la réception des appareils portant la marque Bertot.

Au début de la guerre, le capitaine Varséniau s'était fait remarquer parmi les pilotes les plus sérieux, les plus courageusement utiles de l'aviation.

Il n'y avait pas alors d'aviation de chasse, de bombardement, de reconnaissance, de réglage, etc... Il n'y avait que de braves soldats montant de rudimentaires appareils, dont on sourit aujourd'hui, et avec lesquels, cependant, ces aviateurs accomplirent des exploits superbes et firent de la bonne besogne.

Au moment de l'assaut du Grand-Couronné de Nancy par les armées allemandes, ces héros ne contribuèrent pas peu à l'échec de l'ennemi. C'est là que le capitaine Varséniau gagna la Légion d'honneur, mais c'est aussi pendant cette dure période qu'il contracta les germes d'une maladie grave, avec laquelle, cependant, il « s'accommodait assez bien » disait-il, et qui ne lui donnait qu'un seul tourment, « celui de ne pouvoir repartir comme les camarades, voler, se battre, harceler l'ennemi ».

— Bonjour, mon capitaine, lui dit M. Léopold Bertot en s'avançant la main tendue, avec son habituelle politesse.

— Bonjour, monsieur Bertot, bonjour, monsieur Jean, répondit l'aviateur, non moins courtois que ses interlocuteurs. Je suis heureux de vous rencontrer. Le directeur du service des fabrications de l'aviation, à Paris, me demande de lui rendre compte téléphoniquement du nombre d'avions que vous comptez arriver à sortir journellement à partir du mois prochain.

— Je n'ai rien à modifier au chiffre déjà indiqué.

— Je croyais cependant que vous seriez un peu retardé par la pénurie, évidemment passagère, des matières premières?

— Mon cher capitaine, lorsque l'on a l'honneur de travailler pour la défense nationale, on peut répondre à l'appel du pays ce que répondait à un grand roi je ne sais plus lequel de ses ministres : « Si c'est possible, c'est fait ; si c'est impossible, cela se fera. »

— Je sais, je sais, monsieur Bertot, et je répondrai simplement à mon chef que vos promesses antérieures ne sont pas modifiées, malgré les difficultés présentes, et que vous tiendrez parole.

Les trois hommes se séparèrent.

Le capitaine regagna les bureaux mis à sa disposition pour lui et son important personnel de contrôleurs en bois, en métaux, de pilotes réceptionnaires et de secrétaires, tandis que MM. Bertot arrivaient enfin à l'atelier des essais.

C'était un immense hall divisé en trois parties et dont la toiture vitrée fournissait le maximum d'éclairage aux ingénieurs, aux contremaîtres et aux ouvriers de cet important service.

Personne ne se dérangea lorsque le patron pénétra dans le hall. D'un seul coup d'œil, M. Bertot vit que tout le monde travaillait avec une consciencieuse ardeur. La consigne était formelle dans la maison : nul ne devait perdre son temps ni se déranger sous prétexte que le patron, le directeur ou quelque chef de l'usine entrait dans un atelier ou dans un bureau.

Au fond, sur de grandes tables en bois blanc, installées avec des tréteaux à coulisse, les dessinateurs traçaient leurs lignes sur des feuilles blanches ou bleues ; des ingénieurs, compas en main, étudiaient des plans ; d'autres réfléchissaient, la tête plongée dans les mains, ou bien le crayon serré entre les doigts, se livraient à de savants calculs.

Dans un angle de cette première pièce, de jeunes employées classaient des dossiers, les plaçaient sur de hautes étagères, ou bien recherchaient dans de volumineux cartons les documents qui leur étaient demandés.

C'était dans cet atelier, ou plutôt dans ce bureau que se plaisait surtout Jean Bertot.

A côté de cette pièce se trouvait le laboratoire.

Dans le laboratoire, il n'y avait qu'un seul homme, un petit vieillard sec, avec des yeux pétillants d'intelligence malicieuse derrière les verres épais de ses grosses lunettes rondes.

M. Simart ne perdait jamais son temps en préambules lorsqu'il avait à parler à quelqu'un.

— Le stabilo n° 3 de M. Jean est au point, dit-il avant même que M. Bertot père eût pu faire deux pas dans le laboratoire.

Sans répondre, M. Léopold Bertot se retourna et appela son fils, qui s'était arrêté à regarder une épure.

A grandes enjambées, Jean eut vite rejoint son père.

— Ça y est ! répéta M. Simart. On pourra le monter quand on voudra sur un appareil à réceptionner.

MM. Bertot écoutaient avec attention les brèves explications que leur donnait le petit vieillard sur la construction et les essais statiques concluants du stabilo inventé, perfectionné de type en type, par le fils du grand industriel, et expérimenté une fois de plus, le matin même, sous la surveillance de M. Simart.

— Je vous remercie, monsieur Simart, fit Jean avec une pointe d'émotion dans la voix.

— Pas de quoi! répondit celui-ci, non sans une certaine brusquerie sous laquelle se dissimulait la plus profonde estime pour le jeune ingénieur. C'était sa manière, au chef des essais, de parler à son monde.

Cette colonne montait de l'usine. (p. 14.)

Déjà, sans plus s'arrêter à une besogne qu'il considérait comme terminée, M. Simart entraînait le patron dans l'atelier voisin.

— Tenez, ce garçon-là m'a parlé d'un gyroscope qui mérite de retenir l'attention.

En prononçant ces mots, M. Simart désignait à M. Bertot un jeune ouvrier occupé, devant un étau, à limer soigneusement une mince tige d'acier.

Dans les usines de M. Bertot, la valeur et l'initiative trouvaient toujours à s'employer. Les préjugés d'école n'avaient pas cours et le patron passait à juste titre pour être un briseur de cabales.

— Voyons? fit-il en s'approchant du jeune homme.

— Blessé de guerre? interrogea Jean avec intérêt en remarquant le ruban de la Croix de guerre et l'insigne des réformés à la boutonnière de l'ouvrier.

— Oui!... Trépané. Je suis un rescapé de Douaumont.

— Ah! fit l'ingénieur. Et cette exclamation simple voulait dire : « Alors, on se connaît... Vous êtes un brave! »

— Qu'est-ce que peut avoir de particulier votre gyroscope? Expliquez-moi cela, mon ami, questionna le patron avec bienveillance. Depuis Foucault, on a mis le gyroscope à toutes les sauces, sans pour cela le rendre plus pratiquement utilisable.

Le jeune homme devait être meilleur mécanicien que brillant orateur et c'est à travers une avalanche d'explications maladroites que l'industriel et son fils purent démêler l'intérêt qu'offrait son idée. Son gyroscope, une fois étudié et construit, serait un véritable appareil de sécurité pour les aviateurs, car il leur indiquerait constamment l'horizontale absolue.

— Vous mettrez à la disposition de ce garçon tous les moyens des ateliers pour qu'il construise son gyroscope; c'est convenu, n'est-ce pas, monsieur Simart?

— Convenu.

— Et si quelque obstacle vous arrête, venez me trouver à mon bureau, nous le démolirons ensemble, ajouta Jean en s'adressant au jeune homme. Il va de soi que l'invention restera vôtre et que vous en retirerez les profits, ajouta-t-il.

C'était le genre de la maison.

M. Simart montra ensuite à MM. Bertot les viseurs, les lance-bombes et les compte-tours pour lesquels le patron avait demandé de rechercher inlassablement des perfectionnements.

L'industriel se déclara satisfait du travail accompli.

— Je suis très, très content, dit-il. On travaille ici!...

Et comme la puissante sirène de l'usine hurlait à sa manière l'heure de la sortie des équipes pour le déjeuner de midi, M. Bertot s'écria :

— Déjà!... Comme le temps passe!

Quelques instants après, le fils, au volant de son auto, emmenait son père en troisième vitesse vers leur maison d'habitation, salués tout le long du chemin par l'interminable théorie des employés, des ouvriers et des ouvrières, heureux d'être libres pendant quelques instants et se dirigeant d'un pas pressé vers leur demeure ou vers les restaurants de la périphérie.

III

Au feu

LA ville fut réveillée par le bruit insolite du canon.

Un fracas épouvantable faisait trembler les vitres et frémir les meubles.

Les habitants se frottaient les yeux dans leur nt pour s'assurer qu'ils ne rêvaient pas. La canonnade continuait, de plus en plus intense, de plus en plus proche. Alors chacun courut aux fenêtres, les ouvrant sans précaution, regardant de tous côtés sans rien voir d'anormal, ni dans la rue ni dans le ciel où une infinité d'étoiles brillaient avec sérénité.

Parmi les éclatements, certaines oreilles exercees distinguèrent des bruits de moteur.

— Des avions boches ! s'écria une voix.

— Pas possible ! répondirent d'autres voix aux fenêtres d'en-face.

— Vous n'entendez donc pas tonner les canons de la D. C. A. ?

— Ah, mon Dieu ! fit une jeune femme en serrant son enfant contre sa poitrine.

Et puis, ce furent successivement trois ou quatre détonations plus fortes, prolongées en un long roulement.

— Des bombes ! crièrent quelques voix.

Dans les maisons, des portes s'ouvraient, se fermaient précipitamment durant ce premier affolement. On entendait des galopades dans les escaliers. Des gens couraient sans trop savoir où ils allaient, avec l'idée de se mettre à l'abri ; des femmes remontaient les étages pour reprendre chez elles quelque objet précieux oublié ou quelque souvenir cher.

C'était la première fois que les avions ennemis attaquaient la ville, et les citadins n'avaient pas encore « l'habitude » !

Cependant, la canonnade s'éloignait, s'éteignait rapidement, les bruits de moteurs n'étaient déjà plus perceptibles et la ville respirait plus librement après cette alerte quand soudain l'appel lugubre de la sirène retentit, à l'usine Bertot, comme un interminable sanglot. Bientôt les autres sirènes des fabriques voisines répétèrent le signal de détresse S. O. S. constitué par trois points, trois traits, trois points répétés indéfiniment. (Trois appels brefs, trois appels longs, trois appels brefs et ainsi de suite).

Les Boches devaient avoir provoqué quelque malheur car, dans cette ville, jamais encore bombardée, les sirènes d'usines ne lançaient leurs appels que pour régler les heures de travail des ouvriers, ou pour demander du secours en cas de sinistre.

De nouveau, cette fois, la cité s'agita dans l'ombre avec des mouvements nerveux, des gestes désordonnés, maladroits.

D'un immeuble à l'autre, pour la seconde fois, on s'interpellait, on se questionnait, durant que les sirènes continuaient leur lamentation angoissée.

— Le feu est peut-être à l'Arsenal !

— Pourvu que ce ne soit pas à la poudrerie !...

— Alors, nous sauterions tous !...

Les femmes et les enfants, en entendant ces dialogues, sentaient leur cœur se serrer d'angoisse.

— Tenez... regardez donc cette lueur, là-bas, dans le ciel... à gauche.

— C'est dans la direction de l'Arsenal.

— Ou plutôt dans la direction de la fabrique de mélinite.

— Mais non, intervenait une voix autoritaire. C'est à l'usine Bertot.

— En effet.

— Le feu est à l'usine Bertot !

Parmi les maisons obscures des quartiers les plus excentriques de la cité travailleuse, les rumeurs de la vie s'élevaient comme en plein jour. Des hommes, ouvriers, employés, soldats mobilisés en usine, se précipitaient dans les rues en finissant de s'habiller.

Une fois dehors, ils hésitaient un instant sur la direction à suivre et presque aussitôt, mus par le ressort puissant de leur inspiration ou de leur instinct, ils prenaient leur course vers le danger, allant offrir du secours.

Marie-Louise Chassain dont le sommeil profond, innocent et sans rêves, faisait dire autrefois à sa pauvre mère : « On ne la réveillerait pas même en tirant le canon à ses oreilles », ce qui avait été vrai durant le passage des gothas, se dressa cependant sur son séant aux premiers appels de détresse S. O. S. dont elle connaissait parfaitement la signification pour avoir, à l'usine, dactylographié nombre de fois les consignes en cas d'incendie.

S. O. S. ! Elle prêta l'oreille.

— Oh ! fit-elle, en reconnaissant, parmi les appels ininterrompus celui, plus lugubre, plus sinistre peut-être, de la sirène familière qui dans le jour chantait, pour elle, les heures de travail et les heures de repos ou de liberté !

— S. O. S. ! Oh ! c'est à l'usine... je le sens !

En quelques minutes à peine, elle fut vêtue, un peu n'importe comment. Une force inconnue la faisait se hâter, descendre quatre à quatre ou cinq étages et sourit, courir comme une perdue, parmi la foule des gens qui couraient comme elle.

« A l'usine... à l'usine... vite... vite... » lui criait une voix intérieure.

Un obscur instinct la poussait en avant, sans qu'elle s'en rendît seulement compte.

Au débouché de la rue du Canal, une haute colonne de fumée traversée de lueurs rouges apparut à ses yeux. Cette colonne montait de l'usine et semblait sortir des bâtiments du milieu, fort probablement de ceux où se trouvaient les bureaux.

« Plus vite... allons... Il est là! »

Alors elle se trouva devant la grand'porte et avec le flot des ouvriers accourus, elle s'engouffra comme la vague s'engouffre au creux des rochers...

Dans l'enceinte où l'on avait construit et groupé les ateliers, c'était une cohue.

Des ouvriers, des ouvrières, des personnes étrangères à l'usine, des gosses curieux sortis on ne sait d'où, se bousculaient à travers les passages et les rues séparant les bâtiments, en courant dans tous les sens et en criant des mots, des exclamations vagues qui se perdaient dans le tohu-bohu général.

Malgré cela, un ordre régnait dans ce désordre.

Des équipes sortaient les avions construits, les carcasses, les carlingues et les trains d'atterrissage qu'elles traînaient, jusqu'à un vaste terrain, une sorte d'aérodrome contigu à l'usine, où se faisait autrefois la réception des appareils.

Les pompiers accourus de toutes parts, venus des autres fabriques, des établissements militaires, simultanément avec les pompiers de la ville, cornaient obstinément pour qu'on leur fît place.

Dès le commencement de l'alerte, les concierges et les surveillants avaient un peu perdu la tête et considéraient comme un secours utile l'arrivée du flot populaire.

A présent, toujours aussi affolés, ils essayaient en vain de refermer les portes pour endiguer cette marée. Ils n'y seraient jamais parvenus sans l'aide opportune des agents de police et du piquet d'incendie de la garnison.

Au centre de l'usine, la colonne de fumée devenait d'instant en instant plus haute, plus épaisse et plus rouge. On voyait de longs serpents de flamme monter à l'assaut de la nuit et des étincelles jaillissaient, s'élançaient en bouquets de feu d'artifice.

Marie-Louise ne se mouvait plus que sous l'impulsion d'une volonté faiblissante. Elle sentait ses jambes mollir, son cœur défaillir d'angoisse à mesure qu'elle se rapprochait des bureaux, du foyer apparent de l'incendie.

Elle avait pu pénétrer, par une petite porte de service, dans

Avec elle Fusco se harcelait sur l'escalier. (p. 46)

l'atelier d'entoilage, voisin de l'atelier de peinture, lui-même mitoyen avec les bureaux.

Au fond de cet atelier, droit devant elle, ce furent d'abord des crépitements, puis un éclatement, ensuite un écroulement et, soudain les flammes s'étant fait jour, jaillirent à travers la cloison pour venir lécher la charpente des fermes en bois de l'édifice.

Du coup, tout l'atelier d'entoilage fut éclairé fantasmagoriquement. Déjà des ombres couraient; des pompiers tiraient derrière eux un long serpent.

L'un d'eux s'arrêta en face d'un vasistas ouvert dans la cloison et dirigea le jet violent de sa lance par cette ouverture. L'eau retombait en pluie sur la toiture des bureaux.

Marie-Louise fit un effort et ses jambes fléchissantes la conduisirent jusqu'au fond de l'atelier, à dix mètres sur la droite du pompier, devant une petite porte vitrée donnant sur un étroit couloir qui aboutissait au couloir central des bureaux de l'usine.

Une épaisse fumée l'enveloppa aussitôt, la saisit à la gorge, l'aveugla. Elle sortit vivement son mouchoir de sa poche et le mit dans sa bouche.

A tâtons, à travers l'opacité de la fumée aveuglante elle se dirigeait vers le bureau de M. Jean Bertot. La voix intérieure lui disait qu'il *était là*, en danger.

La porte de ce bureau n'était plus qu'à quelques pas d'elle lorsqu'un cri étouffé, un appel déchirant frappa son oreille.

Son cœur ne s'y trompa pas.

Mue par une force nouvelle, elle s'élança.

L'idée de la mort par étouffement, de la terrible asphyxie avait eu le temps de traverser sa pensée comme un éclair. « Et qu'importe?... *La mort n'est rien.* »

Le petit cœur héroïque portait en soi le sentiment suprême, plus fort que la mort, plus fort que la vie, plus fort que le monde, plus fort que tout...

Les deux bras de Marie-Louise tendus en avant, cherchaient instinctivement à saisir, à étreindre, à arracher au destin l'être aimé. Elle courait toujours devant elle, malgré ses jambes fourbues, ses nerfs à bout, son cœur oppressé, sa respiration impossible, dans la brûlante fumée qui lui piquait les yeux et la face. Et enfin, elle put saisir au hasard un vêtement flottant sur un corps hésitant, perdu, aveugle, condamné.

— Par ici... essaya-t-elle de hurler à travers le bâillon volontaire de son mouchoir.

Elle se souvint que Jean était sourd.

Alors, elle parvint à le prendre par la main et, avec une force renouvelée, elle l'entraîna.

L'homme, presque inconscient, se laissa emmener, en heurtant les murs.

Une bouffée d'air les frappa soudain au visage; ils firent un bond en avant et par la petite porte vitrée restée entr'ouverte, ils arrivèrent enfin dans l'atelier, d'où les pompiers continuaient à diriger sur la toiture basse le jet de leurs lances pour tâcher de circonscrire l'incendie.

La petite sténo-dactylo Marie-Louise Chassain, venait de sauver l'ingénieur Jean Bertot, le fils de son patron qui, surpris en plein travail nocturne, au moment où une bombe incendiaire était tombée sur le local voisin des bureaux, — un entrepôt de matières diverses — n'avait pas eu le temps de s'enfuir.

Ou plutôt il l'aurait pu mais son courage et sa haute conscience lui faisaient un devoir de sauver des plans et des documents précieux enfermés dans un coffre.

Les courtes minutes passées à les réunir faillirent occasionner sa perte.

Lorsqu'il voulut se sauver à son tour, une épaisse fumée envahissait les couloirs, il fut aveuglé, étouffé à demi, incapable de se diriger. Revenu sur ses pas, sans savoir ce qu'il faisait, sans doute fût-il tombé asphyxié devant la porte de son bureau, si précisément Marie-Louise ne l'eût rejoint à cet instant.

Les forces de l'enfant étaient à bout; elle s'écroula sur le sol macadamisé de l'atelier, à demi asphyxiée, et Jean Bertot dût appeler au secours.

Des pompiers, guidés par M. Cérisot et le capitaine Varsénian cherchaient depuis quelques minutes, eux aussi, à s'approcher des bureaux pour aller au secours de Jean, signalé comme s'y trouvant encore, au moment où l'incendie avait éclaté. Ils arrivèrent à point pour emporter la jeune fille au dehors, au grand air frais de la nuit, vers la vie.

Marie-Louise ne tarda pas à rouvrir les yeux et son premier regard rencontra le regard inquiet de Jean Bertot. Alors, la jeune fille sourit tristement, puis referma les paupières pour mieux rester toute seule avec son bonheur.

IV

Après l'alerte

L'INCENDIE finissant ressemblait à des haillons de pourpre tordus par le vent.

Puis le jour naquit lentement, un jour blafard d'hiver. L'eau des lances continuait à noyer les décombres fumants.

C'était l'heure des grandes lassitudes après la bataille. L'homme avait vaincu le feu; mais le feu, avant de succomber, avait tout de même pris sa part.

C'était l'heure où les rumeurs qui n'ont pas eu le temps de se répandre durant l'action, naissent et se propagent. L'imagination populaire se donne alors libre cours.

D'aucuns avaient compté les avions boches : ils étaient treize! chiffre fatidique. D'autres avaient remarqué un appareil ressemblant à un serpent.

Comme toujours, la vérité restait plus simple et plus logique. Quelques appareils ennemis, des gothas sans aucun doute, étaient parvenus à franchir nos lignes malgré les violents tirs de barrage des D. C. A., et n'ayant pu atteindre l'objectif proposé, une très grande ville, ils avaient obliqué vers le sud-est pour jeter « leurs crottes » au-dessus des usines Bertot.

M. Cérisot et le capitaine Varséniau jugeaient inutile de s'aller coucher à cette heure. Ils continuaient une conversation un peu décousue, entamée depuis quelques instants.

— Quelle signification peut avoir leur « raid »? disait le capitaine. Aucune. Avez-vous entendu les détonations de leurs bombes? Ils les ont jetées n'importe où, dans les champs, hors de la ville bien sûr, en gens effrayés, dans une hâte fébrile de s'acquitter d'une commission délicate... et dangereuse. A part, bien entendu, celle qui est tombée sur un des petits bâtiments de l'usine.

La rumeur publique ne tarda pas à confirmer, en effet, la supposition émise par le capitaine au sujet des résultats du bombardement. Les bombes des Boches, sauf une, étaient tombées au milieu

des champs, au nord-est de la ville, sans occasionner d'autres dégâts
que ceux produits à la glèbe nourricière et marqués par quelques
énormes entonnoirs.

M. Léopold Bertot, calme et froid, contemplait les dégâts, heureusement pas irréparables, occasionnés par l'explosion et l'incendie.
L'essentiel était était qu'il n'y eût aucune victime.

Autour de lui, personne ne parlait. On réfléchissait en respectant
le silence lourd de ce grand vieillard, et l'on attendait de lui le mot
de décision finale.

Domicilié à l'extrémité opposée de la ville, et prévenu tardive-
ment que le feu était à l'usine, il était accouru sur les lieux sans
attendre son chauffeur, conduisant lui-même en quatrième vitesse sa
puissante limousine au risque de se rompre les os.

— Mon fils? avait-il demandé.

Un quart d'heure après, il retrouvait son fils sauvé par Marie-
Louise Chassain et, comme la petite sténo-dactylo revenait à elle, il
avait dit à Cérisot :

— La pauvre enfant!... Pas de danger pour elle?... Bien... Faites-
la conduire chez moi tout de suite. Mon auto est devant la porte n° 1.

Les ateliers, heureusement, avaient pu être préservés par les
pompiers de l'usine dont le service fonctionna parfaitement et qu'a-
vaient bien secondés ceux de l'extérieur.

La pensée du désastre évité arracha un profond soupir à M. Bertot. Il regarda les chefs de service, les ouvriers, les ouvrières réunis
en cercle autour de lui, attendant quelque parole.

— C'est un avertissement! fit-il enfin.

Puis, se reprenant aussitôt, redevenant l'homme de sang-froid
que rien n'abat, l'infatigable travailleur dont la foi croit à la vertu
régénératrice et souveraine de l'effort, il s'adressa ainsi à ceux qui
l'entouraient :

— Il va falloir, mes amis, se remettre au travail avec plus d'ardeur que jamais!

▼

La petite collaboratrice

APRÈS une pareille secousse nerveuse, Marie-Louise Chassain dut garder le lit pendant quelques jours. Le docteur ordonnait impérativement le repos allongé, pas d'émotion, aucune fatigue cérébrale et moins encore de fatigue corporelle. Avec des toniques, des reconstituants, ce n'était, d'après lui, que l'affaire d'une semaine.

Naturellement, la petite sténo-dactylo, après avoir reçu chez M. Bertot, où l'avait transportée la 40-chevaux du patron, les premiers soins nécessités par son état, demandait à retourner chez elle, dans sa petite chambre d'orpheline.

Toute la délicatesse de la jeune fille se refusait à recevoir l'hospitalité sous le toit où vivait le jeune homme qu'elle aimait secrètement et sans espoir. Marie-Louise n'avait rien en effet de l'intrigante; son bon sens lui avait cent fois rappelé que les rois n'épousent pas les bergères ailleurs que dans les romans — et encore dans les romans désuets du temps de nos arrière-grand'mères! — et jamais, en ses jours de plus folle imagination, elle n'avait pensé pouvoir être aimée de M. Jean Bertot, ni à devenir la belle-fille de l'industriel multimillionnaire.

Mais Mme Léopold Bertot sut trouver dans son cœur un trésor de tendresse et dans son esprit des flots d'éloquence pour décider celle qui avait « sauvé son Jean au péril de sa vie » à rester à l'hôtel Bertot jusqu'à son complet rétablissement.

Jean venait chaque matin, avant de partir pour l'usine, prendre des nouvelles de Marie-Louise. De même, chaque soir, après le dîner, il « volait » une heure au travail, selon sa propre expression, pour la passer auprès de « son sauveteur ». Il ne pouvait se lasser de lui témoigner sa reconnaissance.

Un soir il lui dit, avec encore plus d'insistance :

— Vraiment, sans vous j'étais perdu. Aveuglé, à demi étouffé déjà par la fumée, jamais je n'aurais retrouvé mon chemin. La preuve, c'est que quand vous m'avez saisi, entraîné, j'allais précisément retourner à l'opposé de la sortie, vers le cul-de-sac du corridor des bureaux. Là, j'eusse été asphyxié, peut-être même avant de parvenir au mur où se serait heurtée ma rage impuissante. Ah! mademoiselle... mademoiselle!... petite Marie-Louise!... Quand je pense à ce que vous avez fait pour moi, non, non, je... je ne comprends pas...

— Vous savez bien que cela m'ennuie de vous entendre me parler de cet incident... Oublions-le, voulez-vous?... Oublions-le définitivement. Je vous ai déjà demandé hier de me faire ce plaisir.

— Ah! mais non! C'est, à coup sûr, la seule promesse que je ne puisse vous faire. Si je vous la faisais, voyez-vous, conclut-il en souriant, je suis certain que je ne la tiendrais pas.

— Vous me faites de la peine.

— Excusez-moi... je n'en avais nullement l'intention. Dites-moi seulement comment il se fait que vous soyez ainsi venue à mon secours et comment vous l'avez pu.

— Je n'en sais absolument rien... répondit timidement la jeune fille en baissant la tête.

Si elle ne se fût pas trouvée à contre-jour, certainement Jean Bertot n'eût pas manqué de remarquer sa rougeur.

Le lendemain matin, vers dix heures, alors que Marie-Louise, après avoir fait un brin de toilette — la coquetterie étant son petit défaut — se préparait à forcer la consigne et à prendre pour de bon congé de Mme Bertot, la femme de chambre vint lui annoncer que M. Léopold la priait de venir au salon.

— Moi? fit-elle, stupéfaite.

— Oui, mademoiselle, vous-même, répondit la cameriste en accompagnant ses paroles d'un petit sourire malicieux.

Dans le grand salon de l'hôtel des Bertot, Mme Bertot et plusieurs messieurs se trouvaient réunis et attendaient debout, en parlant, l'arrivée de la jeune fille.

Quand elle entra, intimidée, confuse, toutes les têtes se tournèrent de son côté et les figures un peu solennelles de deux des personnages, se désolennisèrent en un clin d'œil pour devenir souriantes.

Irrésistible magie de la jeunesse et de la beauté rayonnant sur tout ce qui les entoure.

Oui! la grâce charmante de la petite employée courageuse venait de transformer M. le sous-préfet et M. le maire de la ville.

— Mademoiselle... commença le représentant de la République dans l'arrondissement, mademoiselle, je suis chargé d'une bien agréable mission, d'une de ces missions qu'un fonctionnaire comme moi est toujours heureux et fier d'avoir à remplir. Avec mes plus chaleureuses félicitations personnelles — et celles de tous les habitants de notre vieille cité — n'est-ce pas, monsieur le maire?...

— Parfaitement, parfaitement, répondit le premier magistrat municipal.

— Avec les félicitations de tous ceux qui connaissent votre désouffrement, votre héroïsme, je vous apporte la médaille de sauvetage que vous avez si bien gagnée : le ruban tricolore...

— Mais, monsieur... je ne comprends pas... je n'ai rien fait d'extraordinaire... balbutia Marie-Louise Chassain, toute troublée.

— Rien d'extraordinaire, rien d'extraordinaire! Vous l'entendez, messieurs! Le vrai courage est toujours ainsi : il s'ignore!

En réalité, Marie-Louise, qui n'était pas une sotte, savait fort bien qu'elle avait joué sa vie et pourquoi elle l'avait fait. Mais pouvait-elle avouer à ces gens le mobile de son action?...

Se plaçant devant Marie-Louise,
il lui prit les deux mains. (p. 24.)

On lui apportait une décoration, comme à un de ces sublimes, de ces inégalables poilus que les chefs décorent au son des clairons, sur le front des troupes. C'était trop, en vérité. Et, dans son for intérieur, elle se sentait un peu honteuse de ce qui lui arrivait. Un scrupule la poussait presque à refuser l'honneur qu'on lui faisait comme immérité. Non, le courage, le dévouement, l'esprit de sacrifice n'étaient pour rien dans son cas. Son mobile n'avait pas été cela que l'on supposait. Mais pouvait-elle avouer son cher secret?... Il y avait là, en outre des deux personnages officiels et de Mme Bertol, M. Léopold et M. Jean, sans compter les domestiques qui, pour une circonstance pareille, osaient regarder par les portes entre-bâillées.

Cependant, il fallait qu'elle répondit au moins un mot de remerciement. Elle sentait que l'on attendait ses paroles.

Alors elle prononça ces quelques mots :

— Merci, messieurs... je vous remercie... Mais permettez-moi de répéter que je ne mérite pas cela... que je ne mérite rien... Une action comme la mienne, si simple, si naturelle, porte en elle-même sa récompense.

« Porte en elle-même sa récompense. » C'était vrai, bien vrai! Mais qui pouvait le savoir, à part elle-même?

Jean regardait Marie-Louise avec un étonnement admiratif.

L'étonnement devait l'amener, lui, Jean Bertol, esprit scientifique et déducteur, à chercher et, sinon à découvrir complètement, du moins à soupçonner bientôt la vérité.

Dès le lendemain de l'incendie, sans perdre de temps, M. Léopold

Bertot, secondé par son fils et ses principaux collaborateurs, s'était remis à l'œuvre de réparation.

En quelques heures, un projet de reconstruction provisoire fut établi. En moins d'une semaine, un bâtiment en bois remplaçait celui qu'avait détruit l'incendie.

Durant que les ouvriers travaillaient avec une ardeur stimulée par la colère, M. Bertot, plus dur pour lui-même que pour les autres, donnait à tous l'exemple du vrai courage : celui qu'aucun malheur ne peut abattre ni réduire.

L'industriel avait fait sienne la magnifique devise d'un prince malheureux qui fut cependant un grand prince et un grand capitaine : Guillaume d'Orange le Taciturne, devise que M. Bertot eût voulu voir gravée au fronton de toutes les écoles, de tous les lycées, de toutes les facultés, de tous les palais nationaux, et qu'il avait fait peindre sur le mur de son bureau :

« N'avoir pas besoin d'espérer pour entreprendre
ni de réussir pour persévérer. »

Marie-Louise Chassain passa au service particulier de M. Jean en qualité de secrétaire.

L'ingénieur ne tarda pas à découvrir les remarquables facultés d'assimilation et de travail de la petite « sténo-salvatrice », ainsi qu'il l'appelait plaisamment pour la taquiner un peu, et elle devint pour lui une collaboratrice précieuse.

Par un beau jour de printemps, quelques mois à peine après l'incendie, alors que l'usine avait décuplé sa puissance productrice, l'ingénieur lut enfin dans le cœur de la jeune fille.

Marie-Louise, ne pouvant plus maîtriser ni dissimuler ses sentiments, avait compris que rester dans cette situation ce serait pour elle souffrir éternellement.

— Vous m'excuserez, monsieur... dit-elle à Jean, mais il faut que je vous fasse part de mon intention. Des raisons particulières... me mettent dans l'obligation... oh! bien à regret... de quitter la maison...

— Que dites-vous là?

— Oui... je retourne à Lyon... chez des parents éloignés... qui... qui...

— Qui, qui, quoi? interrompit M. Jean, d'un ton brutal tout à fait en dehors de ses habitudes.

— Enfin, je désire quitter la maison.

— Encore me permettrez-vous de demander pour quel motif?

— Je vous l'ai dit.

— Vous n'êtes pas franche!

— Et vous, vous êtes bien dur avec moi, répondit Marie-Louise en lui tournant le dos pour cacher les larmes soudain montées à ses yeux.

— Mais, je crois que... fit M. Jean en bon psychologue.

Et, se plaçant devant Marie-Louise, il lui prit les deux mains; ses yeux clairs d'homme loyal et brave plongèrent dans les yeux de la jeune fille pour aller chercher la vérité tout au fond de ses prunelles.

Une longue minute se passa ainsi.

— Serait-ce possible!... finit-il par dire.

A ces mots, la jeune fille releva la tête, et toute son âme muette semblait avouer!

— Marie-Louise! s'écria le jeune homme. Voilà donc pourquoi je vous dois la vie... O petite fleur symbolique de la pure fierté française, j'ai failli passer auprès du bonheur sans le voir... Quel parfait imbécile peut être un ingénieur!...

. . . .

Jean Bertot n'était pas de l'école des arrivistes, et son père détestait par-dessus tout les préjugés sociaux. C'est dire que le fils obtint facilement de ses parents leur consentement à son mariage avec Marie-Louise.

La cérémonie eut lieu deux mois après et les deux époux trouvèrent dans leur union le plus parfait bonheur...

FIN

Pour paraître vendredi prochain :

LES VICTOIRES DU GRAND ET DU PETIT-MORIN

www.ingramcontent.com/pod-product-compliance
Lightning Source LLC
Chambersburg PA
CBHW061632180626
46818CB00005B/2338